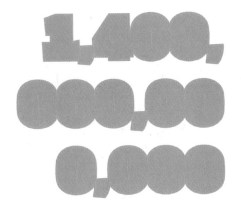

일조 사천억, 나 줘

구구단 청소년출판팀 쓰고 그림

니은기역

일러두기

구례가 양수발전소 예정지로 선정된 뒤로 구례군
청과 마을 곳곳엔 다음과 같은 현수막이 걸렸어요.
'1조 4천억 규모 양수발전소 유치 성공'. 우리의 상
상은 여기서 시작했어요.

우리의 시선에 딴지를 걸려거든 휘파람새 소리를
녹음해서 가져오세요. 그다음 대화를 시작하죠.

읽는 이를 위한 안내

짝수 쪽,
그림이 펼쳐진다

제목 :
일조 사천억으로
그들이 세운 계획

홀수 쪽,
세 친구가 이야기
한다

제목 :
일조 사천억으로
우리가 할 수 있
는 상상

일조 사천억, 나 줘 : 우리에겐 더 나은 내일을 상상할 힘이 있어.

일조 사천억.

어마어마한 돈이다. 우리는 이 돈이 얼마나 큰지 가늠하지 못할 정도로 이런 돈을 만져 본 적도 없고 생각해 본 적도 없는데, 어느 날 마을에 여기저기 현수막이 붙었다. '일조 사천억 원 규모 양수발전소 유치 성공!' 누구는 양수발전소가 들어오면 일자리가 생길 거라고 했고, 누구는 양수발전소가 들어오면 안개가 껴서 농사도 못 지을 거라고 했다. 또 누구는 양수댐을 관광자원으로 쓸 수 있을 거라고 했고, 또 누구는 섬진강 물을 퍼 올려 가둬 놓는데 누가 냄새 나는 물을 보러 오겠느냐고 했다. 어딘가에서는 친환경이라고 했고, 어딘가에서는 반환경이라고 했다. 아, 대체 누구 말이 맞는 거야?

구구단 청소년출판팀은 양수댐 예정지 마을에 직접 찾아갔다. 물에 잠길 곳들을 눈으로 확인했다. 중산천 물속에서 산개구리알도 보고, 마을 주민이 가꾼 대숲도 보았다. 눈으로 보고서야 생각보다 엄청난 땅이 물에 잠긴다는 걸 실감할 수 있었다. 그 큰 댐이 정말로 여기를 다 물에 잠기게 해서라도 꼭 필요한 건지 묻고 싶었다. 다른 걸 상상할 수는 없을까?

일조 사천억으로 그들이 세운 계획

나에게 일조 사천억이 생긴다면,
구례 학생들에게 기본소득을 주고
싶어.

일조 사천억으로 그들이 세운 계획

기본소득은 조건 없이 누구에게나 주는 용돈 같은 거라고 들었어.

공부를 잘하든 못하든 상관없이 받는 거야.

우리에게 달마다 십만 원씩 조건 없이 용돈이 생긴다면 우리는 저마다 조건 없이 꿈을 꿀 수 있을 거야.

일조 사천억으로 그들이 세운 계획

구례 사람 가운데 여덟 살부터 열아홉 살인 사람이 약 천칠백 명 정도 있더라.

이들에게 달마다 십만 원씩 한 해 동안 준다고 계산해 봤더니 이십억 사천만 원이 필요하더라고. 이 정도면 일조 사천억으로는 오백 년도 줄 수 있어.

일조 사천억이 이렇게 큰돈인 줄 몰랐어. 그럼 학생들에게만이 아니라 구례군민 모두에게 기본소득을 줄 수 있겠는데?

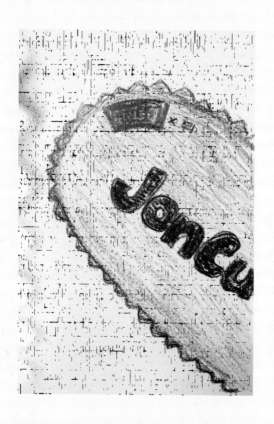

일조 사천억으로 그들이 세운 계획

구례군민이 약 이만 오천 명이니까, 모두에게 기본소득을 주려면 일조 사천억 나누기 이만 오천, 그럼 한 사람에게 무려 오천육백만 원씩 줄 수 있어! 와!

모든 군민이, 조건 없이, 세금을 많이 냈든 조금 냈든 돈이 많든 적든 남자든 여자든 누구를 알든 모르든 나이도 상관없이, 오천육백만 원씩 받을 수 있다구.

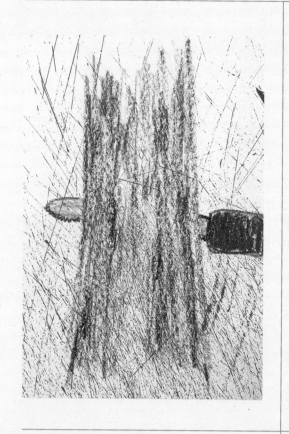

일조 사천억으로 그들이 세운 계획

엄청 어마어마한 돈이다.
일조 사천억이라는 돈.
그 돈.
진짜 우리 모두에게 오천육백만 원
생기면 좋겠다. ㅠㅠ

일조 사천억으로 그들이 세운 계획

그러니까 일조 사천억 나 줘.

일조 사천억으로 그들이 세운 계획

나에게 일조 사천억이 생긴다면 구
례에 사는 사람들의 낡은 집을 고쳐
주고 싶어.

일조 사천억으로 그들이 세운 계획

사람들이 안전하고 깨끗한 집에서
살았으면 좋겠거든.

일조 사천억으로 그들이 세운 계획

집 고치는 데 얼마나 들지 잘 모르지만, 일단 한 집에 일억씩 수리비가 든다고 생각해 볼게. 그럼 일조 사천억으로는 만 사천 가구를 고칠 수 있을 거야.

일조 사천억으로 그들이 세운 계획

일조 사천억이라는 돈으로 우리 구례 사람들이 더 좋은 곳에 살았으면 해서 생각한 방법이야.

일조 사천억으로 그들이 세운 계획

안전하면서 더울 땐 시원하고 추울 때는 따뜻한 집이 있으면 좋잖아. 곰팡이도 없고, 볕도 들고, 바람도 통하고, 오래오래 살고 싶은 집. 누구나 그런 좋은 집에 살고 싶을 테니까, 일조 사천억으로 낡은 집들을 고쳐 주면 좋을 것 같아.

일조 사천억으로 그들이 세운 계획

그러니까 일조 사천억 나 줘.

일조 사천억으로 그들이 세운 계획

나에게 일조 사천억이 생긴다면 구례에 있는 학교들의 예산을 늘려 줄 거야.

일조 사천억으로 그들이 세운 계획

학교 예산이 늘면 급식도 더 맛있어
지고, 학교 시설도 더 좋아지니까 더
좋은 환경에서 즐겁게 지낼 수 있을
것 같거든.

일조 사천억으로 그들이 세운 계획

얼마씩 줄 수 있을까? 구례에 있는 초등학교가 열 곳, 중학교가 다섯 곳, 고등학교가 두 곳, 총 열일곱 학교에 일조 사천억을 골고루 나누어 주면 한 학교에 팔백억 넘게 줄 수 있더라.

그런데 인원이 많은 학교에 돈을 더 많이 주는 게 좋을 것 같아. 그러니까 학교마다 오백억에서 천억까지 인원수에 따라 다르게 주면 좋겠어.

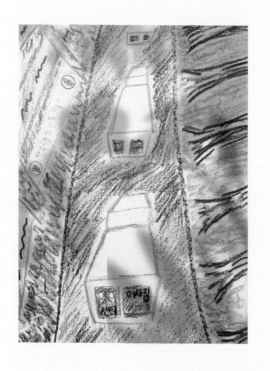

일조 사천억으로 그들이 세운 계획

오백억, 천억. 이게 얼마나 큰돈인지 사실 나는 잘 모르겠지만, 이만큼 예산이 늘면 학생들이 쉬는 시간에 쉴 수 있는 공간도 생기고, 출출함을 달래 줄 매점도 생기고, 학교 끝나고 모일 수 있는 공간도 생길 수 있지 않을까?

우리가 원하는 모양으로, 원하는 쓰임대로 만들 수 있을 테니까 더 재미있고 멋진 학교가 될 것 같아. 설레.

일조 사천억으로 그들이 세운 계획

아, 그리고 학교 급식도 더 맛있어질 거야. 맛있는 밥은 정말 중요해. 날마다 다채로운 반찬과 후식은 우리를 학교에 오도록 유혹할 거야. 집에서 먹지 못하던 음식들도 급식으로 먹을 수 있겠지? 그럼 학교에 가는 게 더 기다려지겠지? 와!

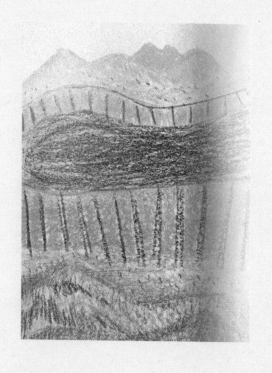

일조 사천억으로 그들이 세운 계획

그러니까 일조 사천억 나 줘.

마치며
: 양수댐 예정지 숲과 마을을 다녀와서

이야기로 전해 들었을 땐 댐이 얼마나 큰지 잘 몰랐는데, 직접 가서 위치와 크기를 가늠해 보니까 생각했던 것보다 댐이 훨씬 더 큰 규모로 지어진다는 걸 알고서는 무척 놀랐어요. 산과 산 사이로 댐이 들어오고 거기에 물을 채운다고 생각하니 아찔했어요.

잠깐이었지만 문척면 중산리 산 이곳저곳을 다녀 보니 아름다운 계곡과 나무 그리고 집들이 사라질 수도 있다는 사실이 너무 슬프고 아쉬웠어요.

누군가에겐 소중한 추억이 담긴 곳이고, 또 누군가에겐 생명이 달린 곳이잖아요. 더 많은 사람이 양수댐이 정말로 필요한지, 우리가 무엇을 하면 좋을지 이야기 나누면 좋겠어요.

다들 이곳에 와서 돌아보면 알 수 있을 거예요. 여기가 자연스럽게 남아있는 게 더 좋을 거라는 사실을요.

—하란

구례 양수댐 예정지에 가 보고는 매우 충격을 받았어요. 생각했던 것보다 엄청난 규모로 지어진다는 걸 실감했거든요. 마을이 엄청 예뻤는데 물에 잠기는 집도 있다고 해서 많이 놀랐어요.

그리고 주변이 다 산이다 보니까 더운 날이었지만 꽤 시원했어요. 숲은 참 신기해요.

또 기억 나는 건, 마을 사람들이 이 상황을 잘 알지 못하는 것 같았어요. 얼마나 물에 잠기는지, 얼마나 큰 댐이 들어오는지, 무엇이 사라지는지 잘 알면서도 가만히 있는 걸까요?

저는 우리 동네가 물에 잠기는 게 되게 싫을 것 같은데, 사람들이 왜 찬성하는지 잘 이해가 되지 않아요.

중산리 숲과 마을이 지금처럼 예쁜 상태로 계속 있으면 좋을 것 같아요.

—효원

마을 이곳저곳을 돌아다니며 예쁜 풍경들을 많이 보았어요. 이 예쁜 곳에 댐이 들어와 동식물들이 사는 곳이 모두 물에 잠긴다니 정말 믿기지 않았고, 전혀 상상도 되지 않았어요.

양수댐의 크기를 이야기로만 들었을 땐 그 규모가 실감이 안 갔는데 직접 가서 보니 아주 크다는 것이 체감되었어요.

누군가에겐 좋은 추억이 담긴 놀이터였고, 누군가에겐 삶의 터전이었던 곳이 한순간에 사라질 수 있다는 게 너무 안타깝고 슬펐어요. 지금 이 마을이 현재의 아름다움과 자연을 계속 유지했으면 좋겠어요.

숲과 마을을 지키면서 우리도 잘 살 수 있는 방법을 더 찾아보면 좋을 것 같아요. 이대로 다 사라지게 두면 안 될 것 같아요.

—율희

* 구구단 청소년출판팀이 중산리 양수댐 예정지를 돌아볼 수 있도록 도와주신 '섬진강 양수댐을 반대하는 사람들'의 정환 선생님, 정말 고맙습니다.

* 이 책은 구례교육지원청 <구구단 마을학교>의 구구단 청소년출판팀이 니은기역과 함께 2024년에 만든 기록물을 바탕으로 펴냈습니다.

일조 사천억, 나 줘

2024년 6월 5일, 오디가 익어 가는 절기 망종에 처음 펴냄
구구단 청소년출판팀 구례여중 한율희, 문효원, 구하란 (하파타순) 그리고 니은기역 지음

펴낸곳 니은기역
출판등록 제487-2019-000003호
주소 전남 구례군 구례읍 백련마을
이메일 mhghg@naver.com
블로그 blog.naver.com/mhghg

ISBN 979-11-93365-03-8 (00810)

—환경을 위해 표지를 코팅하지 않았어요.
—표지는 FSC 인증 종이를, 본문은 재생종이를 사용했습니다.
—책값은 뒤표지에 있습니다.
—수익금을 '섬진강 양수댐을 반대하는 사람들'에 기부합니다.

책 짓고, 농사짓고, 기후 악당에겐 짖어요!
틀을 깨는 기록, 순서를 뒤엎는 몸짓, 니은기역